AF363615

Y

(C.)

Ye

26505

LA
MISSION DU POÈTE

DANS NOTRE SIÈCLE;

GUTENBERG;

POÈMES

PAR M. FLORIMOND LEVOL.

LYON,

IMPRIMERIE DE LÉON BOITEL,

QUAI ST-ANTOINE, 36.

1847.

MISSION DU POÈTE

DANS NOTRE SIÈCLE.

Dans ces temps reculés où le pouvoir des vers,
Rassemblant les humains épars dans l'univers,
Transformait en cités leurs sauvages retraites,
Premiers législateurs, les rois étaient poètes,
Et, sous leur règne heureux, on vit naître à la fois
Les premières vertus et les premières lois,
Le poète monarque exerçait sur la terre
De pontife et de roi le double ministère ;
Quand sa main sur l'autel faisait fumer l'encens,
D'un langage inspiré les sublimes accents,
Rendaient dans l'appareil des pompeux sacrifices,
La prière plus sainte et les dieux plus propices ;
Et l'homme, encor farouche, amolli par ces chants,
Dépouillait, par degré, ses féroces penchants.
Ainsi la poésie, en lumières féconde,

Répandait ses bienfaits sur le berceau du monde,
Et couvrait, en naissant, de rayons créateurs
Les pontifes, les rois et les législateurs !

Mais, sans force en un siécle où la raison domine,
Les muses, remontant à leur source divine,
Exhalent, chaque jour, des regrets superflus,
Et rappellent en vain un pouvoir qui n'est plus ;
Nos poètes, sortant d'une route funeste,
Feront briller encor le pouvoir qui leur reste,
S'ils abjurent enfin leurs bizarres mépris
Pour ces maitres d'un art qu'ils n'ont pas bien compris.
Devant eux, sans lutter contre une gloire immense,
Qu'ils abaissent l'orgueil du talent qui commence ;
C'est alors seulement que, par d'heureux travaux,
Ils sauront parvenir à ces chemins nouveaux,
Qu'insensible aux beautés dont la nature abonde
Cherchait, loin du bon sens, leur muse vagabonde.

L'avenir dans leurs mains reste encor tout entier :
O toi, qui de la gloire abordes le sentier,
Jeune écrivain, veux-tu qu'une foule idolâtre
T'enivre, chaque soir, des bravos du théâtre ?
Veux-tu que tes succès, comme aujourd'hui vivants,
Retentissent encor dans les âges suivants ?
Toujours fidèle au goût, que ta muse estimée,
Sur la droite raison fondant sa renommée,
Immortalise, en toi, l'ardent ami du bien,
Le poète sublime et le vrai citoyen.

Vain espoir ! nous dit-on, l'amour de la patrie
N'offre plus au talent qu'une source tarie ;
Tel poète autrefois parut original,
Qui succombe aujourd'hui sous un thème banal,
C'est dans les grands périls que l'ame électrisée
Peut rajeunir encor cette mine épuisée....
Raisonnement ingrat pour ces vers courageux (1)
Que nos cœurs adoptaient dans les temps orageux,
Et qui sur nous encor gardent le même empire,
Car le talent survit au danger qui l'inspire.
En vain à votre esprit bornant l'esprit humain,
Prétendez-vous savoir ce qui naîtra demain ;
Augmentons les trésors que vingt siècles rassemblent,
Sans vouloir follement que les temps se ressemblent ;
Le but qu'un siècle atteint, même aux confins de l'art,
Pour le siècle suivant n'est qu'un point de départ.
Vous demandez toujours quelque nouvelle gloire ;
Mais, pour la faire naître, il faut d'abord y croire ;
Que vos cruels dédains n'arrêtent point leurs pas,
Et les grands inventeurs ne vous manqueront pas.
Le génie, empressé de quitter votre sphère,
Trouvera bien, sans vous, ce qui lui reste à faire.
Qu'il crée ou qu'il imite, avec ou sans appui,
En suivant la nature il sera toujours lui.
Pour corriger son œuvre, il observe, il écoute,
Aucun bruit ne l'arrête, aucun soin ne lui coûte ;
A ses yeux tel auteur, qui triomphe en courant,
Pour être plus correct n'en serait pas moins grand.
Il est d'heureux défauts qui ne sont pas sans grace,

(1) *Messéniennes* de C. Delavigne.

Mais quelque soit d'ailleurs le sujet qu'il embrasse,
Seul doutant de lui-même, il sait que l'avenir
N'appartient qu'aux travaux que l'on a su finir.
A ce prix, du passé sa muse est l'héritière ;
L'antiquité chez lui renaîtrait tout entière,
Qu'on ne verrait encore en nul autre cerveau
Germer rien de plus grand, ni rien de plus nouveau.

Tel jadis apparut l'auteur d'*Iphigénie* ;
Tels, rendant à nos jours l'éclat de son génie,
Deux poètes, égaux dans des genres divers,
Ont prouvé quel pouvoir reste encore aux beaux vers ;
De nos divisions conjurant la furie,
Avec quel noble amour l'un (1) chante sa patrie,
Et, du feu qui l'anime, embrasant tous les cœurs,
A l'hymne des vaincus fait pâlir les vainqueurs !
En voyant l'étranger, rassurés par la Loire,
Dévaster nos palais pour se faire une gloire,
Il flétrit ces héros, profanateurs des arts,
Et sa muse, sur nous, reportant ses regards,
De nos peintres bientôt ranime l'espérance,
Et, près d'eux, trouve encor des lauriers pour la France !
De tous ceux qu'au théâtre un auteur peut cueillir,
Lui-même, heureux poète, il va l'enorgueillir ;
Et sa gloire, pour tous belle quoique vivante,
Est la seule, quinze ans, dont la scène se vante ;
Aussi lorsque, plus tard, d'un talent sans déclin,
L'oubli d'un siècle ingrat précipite la fin ,
Incertain du renom qu'on lui dispute encore,

(1) C. Delavigne

Il succombe, en silence, au mal qui le dévore,
Et jamais le génie, exclu de son vrai rang,
Ne meurt plus délaissé pour renaître plus grand !
L'autre (1), deux fois illustre, au début, nous révèle
L'ascendant inconnu d'une muse nouvelle ;
La harpe de Sion retentit dans ses mains ;
Des célestes clartés il frappe les humains ;
Gloire au chantre inspiré que l'Esprit-Saint enflamme,
Qui confond notre orgueil et subjugue notre ame,
Qui répand sur nos maux un baume précieux,
Et console la terre en lui montrant les cieux !

Des cieux ou de la terre, éloquent interprète,
Vengeur des opprimes, toujours le vrai poète
Saura, nous captivant, en des âges divers,
Gagner à la vertu ceux qu'ont charmés ses vers :
Du jeune enfant à peine ils ont frappé l'oreille,
Qu'ils ornent son esprit quand sa raison s'éveille,
Et leur attrait, fixant ses volages humeurs,
Lui donne, dans l'étude, un guide pour ses mœurs.
Formés par les beaux vers ses talents vont éclore,
Enfant, il les apprit, jeune homme, il les dévore ;
La muse du théâtre animant ses loisirs,
Ennoblit ses penchants par de nobles plaisirs,
Et, dirigeant ses mœurs par les jeux de la scène,
Rend son ame plus pure et sa raison plus saine.
L'âge mûr aux honneurs par degré s'élevant,
Les vers plaisent toujours et consolent souvent ;
Le vieillard sent par eux son ame rajeunie,

(1) M. de Lamartine

Il joint ses souvenirs aux leçons du génie,
Et souvent un beau vers qu'il mêle à ses discours
De ses jours bien remplis lui rappelle le cours ;
Tel vers sut l'attendrir, tel vers a, dans son ame,
Des antiques vertus ressuscité la flamme.
Prés de lui quelquefois tous ses enfants assis
D'une oreille attentive écoutent ses récits ;
Il aime à rappeler à son jeune auditoire,
Des vers que, soixante ans, a gardés sa mémoire,
Il les fait tressaillir à l'endroit le plus beau,
Et les instruit encor sur les bords du tombeau !

Est-il quelque beau trait qu'un beau vers ne rappelle ?
Ah ! cet art plus divin que l'art divin d'Apelle,
Qui ranime à nos yeux, qui peint tous ces mortels,
Grands au sein des combats comme au pied des autels,
Héros des temps passés et des temps où nous sommes,
Saura toujours former et chanter les grands hommes !

Mais, pour lui conserver un suprême ascendant,
Il faut tous les efforts d'un esprit vif, ardent,
Riche en inventions, en images fertile,
Qui sent tout ce qu'il dit, ne dit rien d'inutile,
Qui pense avec noblesse, exprime avec chaleur,
Entraîne et donne à tout la vie et la couleur.
La langue vieillissait, la langue rajeunie
Eclate de fraîcheur, de grâce, d'harmonie ;
Son vers audacieux frappe, étonne, confond,
Et, sous un trait brillant, renferme un sens profond ;

C'est ainsi qu'il conduit de surprise en surprise
Son siècle, juste enfin pour l'art qui le maîtrise :
A ses mâles beautés tous les cœurs sont ouverts ;
Il sait nous attacher par mille effets divers,
Soit, dans ses fictions, que sa muse hardie
Excite la terreur sur la scène agrandie,
Soit que, du cœur humain révélant les secrets,
Il poursuive le vice en de riants portraits,
Ou, la lyre à la main, soit qu'il chante la gloire,
L'honneur qu'il faut chérir et le Dieu qu'il faut croire !

Lorsque la vérité brille de toutes parts,
Jaillit de tous les cœurs, éclaire tous les arts,
Il doit, sans se farder de grâces mensongères,
Emprunter ses tableaux à des mœurs moins légères,
Diriger les esprits, et, par d'heureux efforts,
Rendre le goût plus sûr, les principes plus forts,
Et des règles parfois franchissant la barrière,
Devancer ses rivaux au bout de la carrière.
Ah ! l'esprit créateur qui la sut parcourir,
Immortel par ses vers, ne craint plus de mourir.
Muses, près du tombeau quand son ame plus grande
Veut, jusqu'en ses adieux, vous laisser une offrande ;
La gloire encor l'anime, il saisit ses crayons,
Entr'ouvre un œil mourant à ses derniers rayons,
Et, riche des succès que la vertu partage,
Il lègue à l'univers son auguste héritage !

GUTENBERG,

ou

LA DÉCOUVERTE DE L'IMPRIMERIE.

L'homme ne vit qu'un jour, mais quand ce jour expire
Il a, sur le temps même, assuré son empire ;
La tombe en vain l'appelle : irrité de son sort,
Il invente les arts et lutte avec la mort !
Ce n'est point au cercueil que son pouvoir s'arrête,
Il lui livre sa cendre, et non pas sa conquête.

Le roi qui fait bénir le sceptre dans ses mains,
Qui demande sa gloire à l'amour des humains ;
Le guerrier dont le sang coule pour la patrie ;
Le poète qu'inspire une cause chérie,
Qui, pour la liberté, va mourir dans les fers,
Sans savoir quel destin attend un jour ses vers ;
Le sage audacieux, dont la raison profonde
Cherche la vérité pour en doter le monde ;

L'orateur dont la voix fait trembler les tyrans....
Tous ces nobles rivaux, entr'eux si différents,
N'ont tous qu'un même but : un seul vœu les enflamme,
Un seul prix leur sourit, aussi grand que leur ame :
Si longtemps attendu, si longtemps disputé,
Ce prix, ce noble prix, c'est l'immortalité !

Cependant à leurs vœux que de fois est ravie
Cette immortalité plus belle que la vie !
Que de noms, destinés à rester éternels,
Ne redira jamais la bouche des mortels ;
Sur tant d'écrits divins, mutilés par les âges,
Le temps a-t-il assez accumulé d'outrages !
Quelle main nous rendra ces ouvrages si beaux
Ou perdus tout entiers ou sauvés par lambeaux !
L'homme après tant d'efforts pour léguer sa mémoire
Verra-t-il donc toujours s'anéantir sa gloire ?
Un art peut dérober sa grandeur au trépas,
La rendre indestructible... il ne le connaît pas.
Un art doit conserver ce qu'il peut perdre encore
Trois mille ans écoulés ne l'ont point fait éclore.
Enfin à ses regards il se laisse entrevoir ;
Mais sur combien d'essais s'égare son espoir !
L'œil fixe, et de douleur laissant tomber sa tête,
Gutenberg semble encor douter de sa conquête.
Le bois, sous le burin, en lettres aminci,
Déchire le papier bizarrement noirci,
Eclate, et ces ressorts qui se meuvent ensemble
Trompent, en se brisant, la main qui les rassemble ;
Le bois n'offre aux regards qu'un trait pâle et grossier :

Mais le plomb le remplace ; il coule dans l'acier :
Du métal, qui descend, chaque goutte brûlante
En rapporte aussitôt une lettre brillante ;
Une lettre paraît, une autre au même instant
Vient chercher à son tour l'empreinte qui l'attend.
Dans un cadre de fer un effort plus habile
Enchaîne sous la vis cet alphabet mobile,
Dont les signes muets, disposés à l'envers,
Renaîtront mille fois en mille mots divers ;
Dans l'encre qui bientôt va leur donner une ame,
L'huile versant ses flots, épurés par la flamme,
Sans ternir du papier le tissu délicat,
Y doit fixer l'empreinte où brille son éclat ;
Tout marche ; secondant un essai moins timide,
Entre un double rempart s'étend la feuille humide,
Qui roule, arrive au but ; pendant un court repos
Laisse l'encre apporter la vie à tous les mots ;
Et, cachée un moment sous le poids qui la presse,
Roule encore et revient avec plus de vitesse,
Prouver à Gutenberg, de bonheur transporté,
Que son triomphe est sûr, que l'art est inventé !

Quand un Génois fameux courait au loin sur l'onde,
Guidé par son compas, chercher un nouveau monde,
Il croyait que ces bords de fruits et d'or couverts,
Par lui seul devinés, manquaient à l'univers.
Sans peser son bienfait, reconnaissons sa gloire ;
Mais que plus justement Gutenberg pouvait croire,
Maître enfin des ressorts que dirigeait sa main,
Que l'art qu'il découvrait manquait au genre humain !

Le peuple gémissait, plongé dans l'ignorance,
Son abrutissement surpassait sa souffrance ;
Monarques et sujets disputant de fureurs,
Egalement nourris de grossières erreurs,
Héritaient des forfaits, des malheurs de leurs pères,
Sans guider leurs enfants vers des jours plus prospères.
Si l'étude parfois s'échappait des couvents,
Mille voix accusaient ses disciples fervents
De suspendre à leur gré les lois de la nature
Et, contre le savoir, réclamaient la torture.
Aussi, quand, surpassant les plus beaux manuscrits,
Les livres imprimés frappent les yeux surpris,
Ces lettres que la plume, enfantant des merveilles,
N'eut jamais pu tracer de formes si pareilles ;
Ces mots qu'a fait éclore une invisible main,
Et que n'égalerait aucun effort humain ;
Cette ligne que suit une ligne rivale,
Se renfermant toujours dans le même intervalle ;
Sous leurs riches fermoirs, ces bibles, ces psautiers,
Comme par un seul jet reproduits tout entiers,
Eveillent les soupçons, inspirent les alarmes...
Il n'en faut plus douter, épuisant tous ses charmes,
La magie elle-même a couvert ce vélin
De signes inventés par un esprit malin !
La voix du peuple ému, qui croit ce qu'il invente,
Au cœur des magistrats fait passer l'épouvante.
Mais un roi (1), craint du peuple et redouté des grands,
Qui cherche la science au profit des tyrans,
Fait taire d'un regard le juge qui le blâme,

(1) Louis XI.

Et, riant des bourreaux qui tremblent pour son ame,
Courageux une fois, ose leur arracher
Ces livres merveilleux qu'attendait le bûcher.

Ce n'est que par degré que le monde s'éclaire ;
Mais la science enfin, devenant populaire,
Oppose ses bienfaits à d'absurdes rumeurs,
Confond le fanatisme en épurant les mœurs,
Instruit la pauvreté, délasse l'opulence,
Console le malheur, fait rêver en silence
Sous le joug féodal les peuples abattus,
Pour conquérir des lois leur donne des vertus,
Et, des vieux préjugés brisant la tyrannie,
Accoutume les rois aux leçons du génie.

Ces prodiges sont dus au mortel tout puissant
Dont l'art vient de sauver le monde vieillissant,
Qui des peuples éteints ranime la poussière,
De la nuit des tombeaux fait jaillir la lumière,
Et rend à tous ces noms, déchus de l'avenir,
De la postérité l'éternel souvenir.
O vous, que, sous la main de pieux solitaires,
Immolait l'ignorance au fond des monastères,
Poètes, orateurs, sublimes écrivains,
Rien ne détruira plus vos ouvrages divins ;
Vainement la légende, un missel, des cantiques,
Usurpaient le vélin de vos chefs-d'œuvre antiques ;
Nous les voyons, bravant tant de périls divers,
Revivre pour instruire et charmer l'univers ;

Et l'immortalité, que vous aviez perdue,
Par Gutenberg enfin elle vous est rendue,
Telle que le génie, en son sublime orgueil,
La voyait apparaître au bord de son cercueil,
Quand, n'étant pas encor certain de sa victoire,
Il en rêvait déjà l'impérissable gloire.

Ouvrages du même Auteur.

LES AGES POÉTIQUES, poëme en quatre chants, suivi de poésies, 2ᵉ édition ; Paris, chez Brière. 1826.

L'AMITIÉ DES GRANDS, comédie en cinq actes et en vers, précédée d'un prologue, représentée sur le Grand-Théâtre de Lyon. 1839.

UN RETOUR DE BONHEUR, comédie en un acte, représentée à Lyon, sur le théâtre des Célestins.

LES PRÉTENDANTS, épitre au duc d'Orléans, précédée de stances à Mᵐᵉ la duchesse d'Orléans ; Lyon, imprimerie de Louis Perrin. 1844.

MOLIÈRE A LYON, discours en vers, prononcé sur le Grand-Théâtre de Lyon, le 15 janvier 1844 ; Lyon, imprimerie de Léon Boitel. 1844.

Traduction en vers de l'ÉPISODE D'UGOLIN.

ÉPITRE A M. J. JANIN, SUR LYON, 2ᵉ édition ; Lyon, imprimerie de Marle aîné. 1844.

POUR PARAITRE PROCHAINEMENT :

ÉPITRES ET RÉCITS EN VERS. — Épitre au Roi ; — à Casimir Delavigne ; — à M. de Lamartine ; — à M. Villemain ; — à Mˡˡᵉ Rachel ; — à M..., LES ACADÉMIES ; — à M..., LA VOCATION LITTÉRAIRE ; — au Directeur d'une Revue littéraire, LES JOURNALISTES ; — à M...., LES AUTEURS ; — à M..., LES ACTEURS ; — à M. Chambolle, LES FONCTIONNAIRES, etc.

* 9 7 8 2 3 2 9 4 2 0 5 0 9 *